환승 파란선

열/린/시/학/정/형/시/집 196

환승 파란선

엄덕이 시집

고요아침

환승 파란선

시인의 말

/

사람이 좋다.

사람을 만나면 시를 쓴다.

고마운 사람이 너무 많다.

사물이 눈에 가득하다.

여행 가는 이유다.

2024년 10월
엄덕이

차례

/

시인의 말   05

제1부

강진만 청자살이   13
귀향   14
금목서향 퍼지다   15
나무 명상   16
내 비록   17
넥타이 스케치   18
대추나무송   19
버선발   20
벌 잠   21
봉화사람이 좋다   22
비의 춤은 송현과   23
상록수 놀이   24
소원 따라 오는 아이   25
세상 이치   26

억새야 울지마라   27

영모각 휘돌아   28

장릉에 가을 오니   29

저 가을 노랑나비   30

친정어머니   31

코로나 콧등   32

틱낫한 스님의 숲   33

처용, 다시 오라   34

한 되 가웃   35

함흥 형무소 외솔   36

혼처   37

제2부

가판대 시집   41

갈치   42

거림계곡   43

고쿠라성　　　　　　　　　44

광화문　　　　　　　　　　45

굴화역　　　　　　　　　　46

경전선　　　　　　　　　　47

그 언덕에 오르지 마라　　　48

길의 습성　　　　　　　　　49

꽃잎 밥상　　　　　　　　　50

달맞이꽃　　　　　　　　　51

대박 고래　　　　　　　　　52

라면 비　　　　　　　　　　53

물웅덩이　　　　　　　　　54

바람 풍선 인형　　　　　　55

반차오 거리　　　　　　　　56

별빛 정수리　　　　　　　　57

배꽃　　　　　　　　　　　58

봉은사　　　　　　　　　　59

산불　　　　　　　　　　　60

새벽　　　　　　　　　　　61

새 자리   62

숲   63

연곡사 단풍   64

윤필암   65

장충단공원   66

짜장면   67

층간소음   68

태양열주택   69

택배는 음료수가 아닙니다   70

파도의 원리   71

하기 골목 바닷게   72

함덕   73

화엄의 눈밭   74

환승 파란선   75

해설_철저한 소신과 철학을 서정과 서사의 영토로 확

장해 가는 시조/ 한분옥   79

제1부

—

강진만 청자살이

강진만 조개껍질 저리도 쌓이는데
바람도 스리슬쩍 옷소매 파고들어
비취색 서해 너울을 베고 누운 산 무릎

조가비 갈고 갈아 청자 옷 입혔거늘
밤새운 물레질도 헛도는 인연인가
눈붙인 선잠 속에서 길 떠나는 저 님은

청자야 나래 펴라 구름 건너 무지개
나비야 춤추거라 버들아 노래하렴
그 천 년 용궁 속에서 신접살이 하듯이

귀향

대롱대롱 매달려도 다 함께 살아가자
내 발이 네 발이냐 내 팔이 네 팔이냐
앞으로 떠밀려가며 힘 빠지던 손사래

한 우물 먹고 크고 같은 산 보고 나온
추석 전야 고속도로 버스 속 너와 나
꽉 잡은 보퉁이들만 손가락에 끼인다

유년의 신발들 벗어놓은 골목길
옛친구 어디 가고 빈집 앞 땡감들만
해넘이 바람결 타고 내 발 앞에 구른다

금목서향 퍼지다

쌀알꽃 헛바닥에 밥알처럼 구르네
샛노란 꽃담요 살포시 덮어주니
긴 밤이 설레발치며 무장무장 껴안아

뉘라서 코앞에다 내미는가 구명조끼
눈 번쩍 뜨고 보니 꽃눈 잠 망망대해
두 뺨을 맞아가면서 그대에게 속누나

바람도 절합니다 별들이 떠다녀요
지남철 서로 붙듯 꽃 놀음 금목서향
휘장을 쳐 두고서는 되돌아온 발걸음

나무 명상

처진 가지 올려보고 흉내 내면 나무 되리
아침 까치 두 발로 앞세우고 껑충껑충
햇살이 갈라서면서 사람 소리 가두네

내 비록

내 비록 알 깨라고 지푸라기 물어다
앞 뒷산 둥지 틀어 놀기만 한다 한들
그 누가 나무랍니까 천하 천직 내 직분

내 비록 새빨갛게 부리 달랑 달고 나와
시뻘겋고 시커먼 열매일지 풀잎일지
밤낮에 먹고 먹은들 누가 알리 내 먹성

내 비록 잡아 온 벌레마다 새끼 주며
입 쪽쪽 맞추어 하나씩 보살피니
뜨거운 입김 녹아서 하늘땅도 열리는데

내 비록 철없어 그대 창에 딱 부딪쳐
찢어진 날갯죽지 허공에 흩어져도
천상의 노랫소리로 들려오는 나날이

넥타이 스케치

마름모냐 빗금이냐 온종일 궁리해도
아버지 선물 하나 그려낼 수 없어서
공부만 잘해야겠다 풋감처럼 설익어

종소릴 들었느냐 뇌우 속 바람 소리
호박도 굴러 익고 눈꽃도 피었더냐
코끝만 찡긋거리며 못된 소치 따지던

대추나무송

집주인 오래전에 세상 뜨고 아니 오네
빗장 건 대문가에 저 홀로 남겨진 채
톡 톡 톡 님 기다리듯 대추나무 흔드네

쏙 빼문 그대 입술 초례청 새색신가
백방에 소문내어 새빨간 가슴속에
오늘도 머리 흔들어 서걱이는 대추나무

버선발

방 윗목 반짇고리 또닥또닥 기운 버선
고무신 늘어져도 참고 신은 울 어머니
휘어진 엄지발가락 생 못 박혀 사신 채

벌 잠

깊은 잠 못 이루나 베개만 돌려 벤 채
이슬 찬 호박꽃 속 벌잠 잔 나 대신에
저 달이 물걸레질로 시리도록 닦은 밤

봉화사람이 좋다

농약통 지게에 피어있던 꽃이 지고
문중옥답 사과 농사 이문 없어 뒤엎었다
와중에 경운기 소리 사시장철 들리니

물 담은 다랭이논 거울 삼아 보고 지고
화장기 하나 없는 하늘 밑 선녀런가
손톱 밑 가시 하나도 들깨 단에 파묻혀

비의 춤은 송현과

비화가야 그 세월 잠 깨우는 걸음걸이
태풍 몰고 오시나 그대 모습 쏙 닮아
어떻게 말도 안 되니 비에 젖은 그 입술

민가로 민가로 빗물로 얼굴 씻은
열일곱 자태는 한 무리 민들레꽃
바람도 눈 치켜뜨며 꾸짖으며 멈춘다

사과 맛 세상사 속없이 그 능선에
유리 벽 저편 음성 귀 쫑긋 들려온다
송현이 안고 떠나는 비화가야 속울음

상록수 놀이

영신도 동혁도 농활하고 잠들면
산마루 깨꽃잎 하얘져 승천한다
무덤가 부엉이들도 밤중마다 울었다

목 빼고 평상 끝 걸터앉던 여름에
바다 같은 구름도 사람 하나 키우느라
달 베개 상록수 놀이 날 새는 줄 몰랐네

소원 따라 오는 아이

이 세상 무엇과도 바꿀 수 없는 아이
하세월 그리면서 내 곁에 와 준 아이
딴에는 잘 키우겠다 다짐하던 내 아이

한 가지 일념으로 주야에 빌고 빌어
올곧은 행동거지 착실한 심성 하나
온 세상 천지간에서 엇나가지 않기를

이 또한 세상만사 법대로 살아가며
그 어디 가더라도 제대로 행세하길
부끄럼 티끌만큼도 생겨나지 않기를

너라서 기뻐하며 너만을 생각하니
욕심이 지나치면 안 된다 그 말이라
오늘의 작은 욕심만 꿈꾸면서 키우네

어머니 아버지 애타게 불러 본다
그 시절 작고 작은 꾸지람도 못 참아
말없이 꾸겨 넣어서 더 작아진 내 속은

세상 이치

잊을 건 잊고 살고 가질 건 간직하니
흐르는 세상 이치 인간 몽니 쓸 일 있나
이 논리 저 논리라도 아쉽기는 한가지

억새야 울지마라

억새풀도 하늘하늘 올레길 산마루
이 길은 울 아버지 군화 신고 가시던 길
어둠도 기척도 없이 삼나무숲 더듬어

허파에 구멍구멍 동백꽃 채워 들고
공연히 구실잣밤 꼭대기 올려보니
세 발짝 못 달아나는 바람 끝만 매워라

발가락 만져보듯 남지나해 앞마당
병풍 쳐 범섬 기상 올곧아 장하도다
언제든 돌아와다오 신신당부 하신다

눈에다 담아 가서 남몰래 꺼내볼게
억새야 울지마라 다시는 속지마라
바다야 산뫼 들뫼야 들썩이는 두 어깨

영모각 휘돌아

모과꽃 엄전하다 등걸송 그늘에
박태기꽃도 피니 이 봄이 졸고 있나
계단 밑 명자 꽃망울 붉은 단심 짙어라

교지를 받드신 서애 선생 아스라이
국사에 깊은 근심 새소리로 들었건만
징비록 한 자 한 자에 대문턱도 다 닳아

하회강 휘돌아 도화꽃 다시 피니
영모각 지키어온 모자의 강 사무친다
해넘이 발자국 찍은 문안 인사 바쁘다

하회마을

장릉에 가을 오니

동강물 한가운데 얼비치는 저 바위
왕방연 굽이굽이 청령포 울려 퍼진
단종왕 모시던 솔숲 꺼이꺼이 눈물 자리

산 단풍 물드는 가을 오니 더 섧구려
영월땅 님 모시고 충절 향 피우시며
우중에 두 손 모으고 한량없이 보살펴

버려진 목숨이라 그 누가 외면할꼬
이 땅에 호방이신 엄 충신 행적이네
오백 년 가라앉은 돌 건져 내는 단심은

저 가을 노랑나비

저 가을 노랑나비 산 넘어 소식 듣고
여행자 길동무로 짝지어 날아드니
뜰앞의 석산화 꽃잎 다투면서 피는데

이승 문턱 종말 꽃 피우는가 수행자여
환대의 날갯짓도 저 문 앞서 멈춰다오
거울 달 미끄러지듯 별 뒤에 숨어든다

행여나 오는 길에 꽃씨라도 뿌렸는지
풍문에 들었을까 기도가 닿았는지
여행자 귀에 들릴까 슬몃슬몃 앉는다

친정어머니

나 올 때 그 언제나 밥 차려 주신다고
전화도 안 받으신 어머니 두 다리는
경로당 등꽃 가지로 칭칭 감은 등짝은

정원에 핀 국화꽃아 너에게 싹싹 빌게
닫은 대문 또 닫고서 뒤돌아 울기 싫다
세 발짝 못 내딛는 날 보고 계신 어머니

코로나 콧등

입 크게 벌리세요 코끝까지 올리세요
타인이 다가서면 돌아서요 당신 먼저
이 모두 이승계에서 살아가는 묘수라

콧구멍 면봉 막대 끝까지 찔러보고
숨차서 마스크 밖 더운 김 토하거늘
뒤꿈치 힘 풀려서도 주삿바늘 어릿해

콧김이 드세어져 눈앞도 안보이죠
콧등이 밥숟가락 기억해 낸 밥자리
목 돌린 앞자리에는 그대 눈만 촉촉이

귓갓길 비둘기만 인도 옆에 모였다가
모이로 기웃기웃 습성대로 날아가서
내 창가 수호신이듯 실눈 뜨고는 딴청만

틱낫한 스님의 숲

하수구 배수구에 녹찻잎 걸렸구나
명상 마친 보살님 귀가하고 없는데
왜 하필 그날 스님은 태국 출장 가셨나

청하여 만나 뵐 마음자리 단 하나
회색빛 하늘 숲 멍하니 바라보니
운무만 스쳐 지나며 눈물 대신 흘렀나

세월에 장사 없어 열반 소식 듣고만 날
생전에 경봉 스님 설법의 밤 돌아본다
잠 하나 못 물리치며 엉거주춤 살다니

한평생 화 끓이며 제 몸 하나 못 지켜
스님 숲에 참배하면 나아질까 속보이니
화들짝 수탉 울음에 발걸음만 꼬어서

처용, 다시 오라

성큼성큼 다가오는 노랫소리 들렸는가
몟장 구름 걷으며 처용 오는 거동 보소
넓적 뺨 기름 덮어쓴 가면 밑의 눈동자

용궁마을 구비마다 무지개 떠오른다
생전에 무등 타니 귀티 졸졸 나셨는데
위엄은 어린 치어들 눈 속에서 더 빛나

탐라국 갯바람이 미역 장옷 걸치고
봉수대 달 뜨듯 해신으로 오신 처용
잠들면 문 두드린다 용서 비는 옛 노래

한 되 가웃

쌀가게 주인이 외치던 한 되 가웃
육십갑자 넘어가며 그려내던 춘란 꽃대
삐죽이 뚫고 나온 듯 먹물 닮은 그 날이

볏짚을 걷어찬 새벽달 이부자리
허세로 주정뱅이 대원 대감 한 되 가웃
왜 하필 춘란 화폭에 가뭇가뭇 환청이

싸전 옆 비실비실 걸으며 들었어도
미친 척 병인박해 천신만고 넘기고야
해마다 봄날 오듯이 춘란 꽃대 세웠네

함흥 형무소 외솔

입안이 바짝바짝 혀끝에 맴을 돈다
형무소 담 너머에 돌탑으로 쌓였던
달무리 옥중 편지가 태화강을 울린다

그 여름 성천강물 얼마나 불었길래
숨차서 헐떡이며 백두대간 말이 없어
헐어낸 담장 너머로 울산 땅만 첩첩이

혼처

물 가득 고인 밭에 어떻게 씨 뿌려요
비수 품은 생각일랑 슬며시 비켜 가요
유전자 검사필증은 예단함에 고이 접어

뒤섞여 기뻐하는 밭이라야 합니다
호미가 지나가고 쟁기가 지나가서
반가워 부둥켜안고 꽃무리로 벙글까

제2부

—

가판대 시집

목 빼며 몸 비틀어 그대만 노래하려
뿌리는 돌돌 말아 분속에 숨기고
인파 속 헤집고 나온 그대 품 쏙 안기려

내 몸이 기억해요 그 손가락 그 발가락
아는 체 모르는 체 밀당 선수 가판대 꽃
밤낮에 사랑놀음이 나보다도 더한가요

갈치

어물전 햇빛 한 손 좌판 위 넘어가면
장화 밑 발바닥이 어둠에 젖는 줄도
목욕탕 화목 굴뚝에 선달그믐 매달려

헛바닥 빼물고서 모퉁이 돌아서도
각각이 갈치다 왼손도 오른손도
좁고 긴 골목길마다 승천하는 대가리

반잠한 진주 눈매 단숨에 내리간다
연두 냄비 둥둥 끓여 모인 식솔 거동 보라
이것이 호박이더냐 은빛 햇살 찾더니

거림계곡

그래서 안 된 거야 그래서 틀린 거야
만 가지 주렁주렁 복 달라 빌어봤자
물그릇 하나 지키려 깨진 채로 엎는다

운무에 앞뒤 분간 안 되는 초록 벌
거림계곡 너럭바위 퍼질러 앉으니
그래도 빈속에 먹은 찔레순이 산중밥

고쿠라성

그렇게 각을 지어 촘촘히 메웠더냐
석축이 햇볕 쬐며 나무 둥지 감고서
벽 타며 오르내리는 저 소나무 고개 푹

복장이 터졌겠지 시퍼런 물속이라
드리운 그림자에 눈 치켜뜬 해자도
깨지는 무라사키강 정방 격자 거울 속

광화문

북채는 누가 쥐고 밤낮으로 두드려
종각에 기대선 채 북악산 바라보니
탁 트인 궁궐 마당에 얼비치는 님인가

무심코 둘러보다 앙증맞다 저 처자
무지개 뜨듯이 어여쁜 걸음으로
자주색 옷고름 끝을 코끝에다 말아쥐고

굴화역

경순왕 그때를 꿈꾸어 다시 만나
문수보살 연기되어 헤어진 그 사연
홀연히 말안장 위에 위풍당당 빛나던

나라의 일꾼으로 달려온 차바퀴
굴화역 이마에 비지땀이 흐르는데
잠시만 쉬어 가세요 들은 척도 않더니

그대 짐 날 주오 이팝꽃 흔들려요
봄비에 쉬엄쉬엄 목청 쉰 비둘기도
구구구 무릎 꿇고서 읍소하다 날아가

꿈인가 생시인가 트램이 도착한다
마알간 유리 너머 여기 내려 저기로
일없이 한 바퀴 돌아 풋잠 깨는 굴화역

경전선

책 한 권 다 읽고서 골목길 쓸고 나니
굴뚝 옆 어스름이 밥 퍼지듯 퍼지면
모랫벌, 눈을 감는다 감잎 지는 경전선

그 누가 처마 끝에 보름달 매달았나
교교히 강물 밟는 물그림자 떠 이고서
터널 안 지축 흔들며 경전선은 유세 중

그 언덕에 오르지 마라

그 언덕에 오르면 그 강이 실어간다
팽나무 붉은 열매 우박 동전 쏟는다
세월이 어깻죽지에 내려앉아 잠든다

무심히 한여름에 그림 한 장 그리려
울 엄니 러닝 구멍 뻥 뚫린 내력으로
그 구멍 귀에다 대니 개미 바람 흔든다

달 뜨면 다시 가리 달빛 창 밀어놓고
도리깨질 타작마당 들썩들썩 잘도 뛰어
창호지 침 구멍으로 왕눈 껌벅 떠 본다

길의 습성

구르는 돌멩이 자유 지대 만끽 중
신선도 구름 타면 단전에 힘주더라
가로수 지폐 조각이 은행나무 힘이라

침이나 뱉어도 분노하지 않는 너
뱃속 구토 감싸는 하수구 담쟁이잎
조금만 밟지 그랬어 발가락이 귓속말

두 손을 놓지 않는 이미 너는 신이다
암호 걸린 담장 너머 뒷모습 멀어지며
날렵한 몸매로 뛰는 저 남자의 신호등

꽃잎 밥상

곤히 잠든 어젯밤에 벚꽃 비 오신 줄
까맣게 잊고서 꽃의 왈츠 들었네
멍하니 깨어나 보니 꽃잎 밥상 앞인걸

개울가 바람 부니 따라 피는 꽃 제치고
약속이나 한 듯이 회오리 몰려와서
이 아침 산책길에는 꽃비 개울 흐른다

달맞이꽃

노랗다 천지에 널 만나 나 혼자
강바람 앞세워 비질하듯 걷는다
달 사냥 구름 흘러서 달맞이꽃 가는 길

가냘픈 머리마다 노오란 나비처럼
행여 날 잊었을까 읊조리는 방죽 길
님에게 앙탈 부리며 달빛마저 허였네

대박 고래

대박 고래 어디 있나 젊은 날 발부리에
장생포 횟집 근처 한참이나 서 있다
커피잔 기울여가며 목을 쭈욱 빼듯이

노래를 불러볼까 눈싸움 걸어볼까
파도는 잠잠한데 궁리에 묘수라
굴뚝 비 타고 내리는 꿈틀꿈틀 눈자위

책장이 고래더냐 방파제가 고래더냐
거울처럼 번쩍번쩍 구두나 닦을 게지
고래 등 터지는 날이 내 평생에 오려나

라면 비

구름이 하늘 냄비 탱글탱글 익혀서
라면 비 뽀글뽀글 도로에 내린다
후후후 라면 허리에 감고 도는 빗줄기

어찌 참고 지냈나 밥때 훨씬 다 지나
허공에 피어나 빗속 뚫고 왔는지
얼씨구 파마머리로 흔들리는 젓가락

당장에 어디든 구해서 오너라
결혼 말 홀로 듣듯 라면 비 내린다
새빨간 라면 봉지만 요리조리 접힌 채

물웅덩이

아스팔트 타고 흘러 한 점에 모이면
뭐라도 될성싶어 낮은 데만 찾고서
하늘만 올려다 본다 물웅덩이 속이다

그렇게 세상일은 흘러가는 구름 떼
노랑나비 날개 편 날 제물에 터져서
저 먼저 알아차리는 물웅덩이 마른다

바람 풍선 인형

목 고개 숙인다고 그대가 알아볼까
바람에 목숨줄도 단단히 매였구나
얼씨구 솟구치면서 공중돌기 춤추네

손 인사 흔든다고 스치다 돌아볼까
그래도 바람 잔뜩 힘주어 버티어서
밤 오면 불 켜진 창밖 어디라도 가보련

반차오 거리*

반차오 빌딩 숲에 바람 타고 놀던 날
입 벌린 지하철역 아무 데나 기대서니
여객기 남지나해로 무심하게 스친다

청춘들 줄 서는 찻집 앞 다가서서
바나나 베어먹듯 반반씩 쪼개 먹고
흑석에 까마귀처럼 앉아 쉬던 반차오

어쩐지 그 큰 대륙 건너온 사람끼리
서로들 뜻이 맞아 잘 모여 살았을까
반차오 이마를 쓸며 머리 숙여 묻는다

* 반차오 거리 : 대만 타이페이 푸중 지하철과 인접한 거리.

별빛 정수리

산속에 흩어 지낸 별 무리 몰려 들어
블랙홀 찾아내어 하나씩 들어가네
불가마 한 몸뚱어리 잉걸불로 붙는다

계곡마다 찾아간 별빛 수초 흔들리니
기약 없는 앞날이 은하계 앞마당서
산 높아 정수리부터 쏟아지는 밤이다

배꽃

함초롬 낮달 따라 꽃 지등 달았더니
귓속말 간질간질 애간장 녹이더라
산그늘 물그림자로 달려오신 님인 줄

봉은사

지방에서 올라와 봉은사 문턱 넘네
무심코 짐꾸러미 절 마당에 내려서
연꽃 등 바라보다가 저도 몰래 백팔 배

바람도 사람 사이 섞이니 말수 줄어
스스로 묶은 족쇄 창살에다 걸어두니
연못가 반가사유상 미소 빙긋 수인사

산불

아무리 감자 한 알 못 캐도 그만이지
이팝꽃 새하얀데 녹울대만 올리고서
천불 나 산등성에다 분풀이만 하다니

임이여 속지 마소 아지랑이 눈가림
집 태운 두꺼비냐 땅 파던 불여우냐
우중에 신 벗어들고 손가락질 웬 말이

잿더미 덮어 써도 원추리 새잎 나네
진달래 뿌리 깊이 탄 자리 꽃대 나네
화적질 이골나서는 검부뎅이 못 면해

새벽

차가운 달 끌림에 저 별 살짝 잠든다
쨍하던 하늘은 떠돌이 짐승으로
제각각 소스라치며 야반도주 중이다

새 자리

춤추다 떠나면서 깨닫고 비운 자리
잠 깨운 이슬 숲 바짝 내게 다가서서
훠어이 먼 길 돌아서 꺼이꺼이 목쉰다

샛강에 들어가 저 홀로 깃털 목욕
몰래 누가 찾았을까 천하의 태화강
실시간 대꽃 대궁이 하늘 향해 터진다

숲

사람 속에 살면서도 사람이 그리워
숲속에 자라나도 숲속이 그리워
밤 오면 어스름 달빛 서성이는 내 그림자

연곡사 단풍

허겁지겁 쫓기듯 구름산 오르면
꼬리를 감춘다 구릉마다 계곡마다
연곡사 붉은 단풍만 잡힐 듯이 멀어져

저라서 사시장철 저 혼자 어이 빨개
바위틈 발밑으로 겨우 서서 뿌리내려
노고단 비껴가서는 지리산에 안긴다

실핏줄 터지듯 볼 빨간 그 몸으로
밥 짓던 연통마저 사정없이 스쳐 지나
섬진강 물 찍어 발라 소맷자락 훔친다

윤필암

문경 땅 사불산 다소곳한 암자로다
산마루 바위들도 서로 이마 맞대어
절하고 돌아와서는 미소 짓는 저 도반

연잎 하나 머리 쓰고 아이 되어 웃는 스님
녹차 한 잔 따르셔도 어깨 몸짓 겸손이 절로
대중들 해묵은 업장 우무 냉국 마시듯

연못에 큰 바위도 억겁을 물 가운데서
낮추어 사는 것이 윤필암 법도라네
사하촌 계곡물 속에 들 비치는 얼굴아

장충단공원

도원결의 그날이 목쉬어 터지더니
오늘에야 여기에서 샘물 한잔 찾고서
뭇사람 서로 만나서 헛기침만 쏟다니

남산 밑 딸깍발이 어디에 숨었는지
꽃잎만 세어보다 한강물 바라보니
태양은 하구에서야 보를 건너 가는가

짜장면

비 맞는 짜장 그릇 문 앞에 덩그러니
개구쟁이 막내가 졸라서 불렀구나
일요일 냉장고 문이 새벽부터 열리더니

휴대폰 텔레비전 저 혼자 웅웅웅
부르릉 오토바이 우중에도 오 분 걸려
명함은 비에 젖어서 빈 짜장면 그릇에

가스 불 안 켜고 점심 때 넘겼나
배부른 생각 멈춘 눈동자 거물거물
설거지 신문 한 장만 단무지에 물드니

충간소음

사람들 사이에 벽이 있어 다행이다
난난히 쌓고 쌓아 철옹성 거리 두라
손가락 까닥여서는 꺼두어도 괜찮은

바람벽에 돌아누워 외마디 절로 나와
온종일 중얼중얼 이리저리 딩굴딩굴
꿈속의 산중자유혼 나래 쉬는 그날까지

태양열주택

해 쫓는 깃털 빨간 한여름 수탉이다
집열판 몸 칭칭 감아 이글이글 타오른
천상을 오르내리는 양철지붕 고양이

반딧불만 찾았는가 목가적 풍경 놀이
폭설 쌓인 창가에 난롯불 타오르듯
혹여나 새어나갈까 밤낮 숨긴 타는 눈

택배는 음료수가 아닙니다

생수도 택배로 기저귀도 택배로
들었다 놓았다 들어갔다 나왔다
인생도 무게 따라서 배송 중인 셈이다

사람이 먼저 가나 택배가 먼저 가나
드르륵 열린 새벽 쫓아오던 저 바람
그 사이 바짓가랑이 붙잡고서 늘어져

흔들지 말아다오 발로 차지 말아다오
전화해 봐 잘 갔는지 그 이름표 잘 달고
얌전히 그대 현관에 오두마니 꿇어앉아

파도의 원리

수평선 저 멀리서 내 노래 들어볼래
잠수부 숨비소리 건져 온 사분음표
딱딱한 바닷게 돌 등 두드리는 파도 춤

해풍이 소문 듣고 발 빠르게 달려와서
하나도 부스러기 남기지 말라 하니
달 허리 착 달라붙어 껍질 채로 너울너울

난간에 별수 없다 꼼짝 않고 기다리던
거북이 인근 해변 무리 지어 기어오네
암벽에 따개비처럼 따닥따닥 잘 붙어

믿었던 성급함은 제발 멀리 밀어붙여
처절히 혼자서 맞아가며 부서져라
심장이 내려앉도록 집중하던 파열음

하기* 골목 바닷게

동해바다 바로 저편 출렁이는 하기 바다
우중에 차 한 대 일방통행 다가오니
차창에 해일 경고판 덩그러니 비추네

일인은 어디 있나 코끝도 안 보이네
아스팔트 배수구 신발 통째 다 젖는데
골목길 담장 너머로 바닷게만 벌벌벌

* 하기 : 일본 야마구치현 북부, 동해에 접한 시이다.

함덕

새카만 돌섬 딛고 빙빙빙 돌다 가라
모래벌 그 자리 놀던 자리 그대로
두 눈 확 도끼눈 뜨고 귀만 쏙쏙 섬 풍덩

정강이 차오른다 실핏줄 장딴지
물허벅 등에 지고 정낭은 열어두라
짭조름 혀끝 감치는 속도 없는 내 님아

파도가 날 깨워 서우봉 오르라니
패잔병 어딨느냐 진지 굴만 울퉁불퉁
흰 수염 문주란 꽃대 못 들은 체 혀만 쏙

화엄의 눈밭

화엄에 눈 내리니 돌탑에 눈 쌓이네
그 님이 산에 올라 흘리신 눈물 바람
억겁에 스쳐 지나간 천지 눈밭 여기쯤

새빨간 그 얼굴이 내 눈인가 네 눈인가
귀에다 대못 박는 바람 소리 댓잎 소리
화엄사 얼음장들만 소리 없이 눕는데

환승 파란선

이수역 헌책방에 나 홀로 들어서서
손때 잔뜩 묻은 고서 한참 후 찾아내어
읽다가 꽂아두고서 돌아서던 환승역

에어컨 시원하게 돌아가던 전철 안
방송이 나오며 잠시 잠깐 절전상태
달리다 머리 식히며 숨고르기 하고는

선바위 지나서 경마장 스칠 무렵
절반쯤 감은 눈이 수리산에 빼꼼하면
튤립꽃 산등성마다 노랑 빨강 물드니

영동 바람 너로구나 대야미 텃밭이다
멀찍이 서 있는 정거장 왔다 갔다
안산행 터널 옆으로 스쳐 가는 4호선

해설

—

철저한 소신과 철학을 서정과 서사의 영토로
확장해 가는 시조 / 한분옥

/

철저한 소신과 철학을 서정과 서사의 영토로 확장해 가는 시조

한분옥

시조시인 · 외솔 한글사랑 기념회 회장

1. 성장과 성찰의 진정성

엄덕이 시조시인은 여자중학교 교장으로 퇴직하여 많은 제자를 길러낸 교육자이자 시인이다. 부산대학교 대학원에서 교육학 석사학위를 취득하였다.

시인은 국립 경상대학교 사범대학 가정교육과 재학시절 학보사 기자로서 역할을 맡으면서 문학회 활동을 하는 등 대학 전반적인 문예활동을 주도하였다. 시인은 서부 경남 문학의 중심에서 문단 선배들을 모시면서 배움에 임해왔던 '진주 남강 문학청년 시절'을 보냈다.

시인은 경남에서 10년, 울산에서 30년을 후진 양성 교육에 힘을 다하고 퇴직하였고, KBS에 근무한 남편과 울산 문화예술계에서 활발히 활동하고 있다.

또한, 엄덕이 시인은 울산남구문학회 회장을 역임했으며, 현재 '한국 효도회' 울산 지회장으로서 특히, '엄덕이 효문학상'의 대표로 효행을 실천하는 문인의 작품을 발굴하여 덕진의 「만년 효행」, 최순옥의 「사랑하다」를 1회 수상자로 선정한 바 있다.

1976년 질암문화상을 수상했으며, 첫 시집 1998년 『꽃의 미래』를 출간했으며, 2002년 『작동 가는 길』, 2018년 『떡갈나무 시를 아시나요』를 펴냈다. 다시금 시와 동반하면서 2020년 ≪시조정신≫으로 등단, 시조 쓰기에 매진하여 『환승 파란선』을 출간하게 됨을 축하드린다.

시인은 진주 문화계 원로님들께 배우며 개천예술제와 경남 문인 모임에 참가하면서 대학생으로 역할을 소홀하지 않은 문학도이다. 강희근 교수, 김석규 시인, 려증동 교수, 이명길 교수, 설창수 시인, 박재두 시조시인 등 지역의 어른들과 함께 경남 문화예술의 중심에서 배움과, 선배 문인들 받듦에 소홀하지 않았으며, 부산대 대학원 재학시절에는 장혁표 교수, 전윤식 교수의 인간 심리를 바탕으로 한 학문적 접근에도 심취하였다.

시인은 자신이 꿈꾸어온 문학을 실천하는 과정에 수많은 도전과 실패를 거듭하면서도 인내심과 열정 하나로 견지해 왔다. 시인은 문학적 기조로 삼을 수 있는 철학을 세워 삶의 여정에 만나는 사람과 사물을 관찰하고 경험한 바를 독특한 인식 체계로 재구성하였다.

2. 삶의 깊이로 다가서는 서정

책 한 권 다 읽고서 골목길 쓸고 나니
굴뚝 옆 어스름이 밥 퍼지듯 퍼지면
모랫벌, 눈을 감는다 감잎 지는 경전선

그 누가 처마 끝에 보름달 매달았나
교교히 강물 밟는 물그림자 떠 이고서
터널 안 지축 흔들며 경전선은 유세 중

—「경전선」 전문

시인은 하동에서 나고 자라 진주에서 공부를 마치고 객지에 발령받아 명절 때 고향집을 찾아 들 때마다 경전선을 타고 고향 찾던 시절과 그 풍경이 어찌 눈에서 사라지며 멀어질 수 있겠는가.

아무리 일찍 길을 나서도 어스름이 퍼질 무렵, 보름달이 둥실 떠오른 즈음이라야 고향집에 다다랐을 테니까. 아직도 경전선 작은 역을 지날 때마다 그 시절, 아련한 그리움은 지축을 흔들며 엄덕이 시인에게로 다가갔을 것이다.

방 윗목 반짇고리 또닥또닥 기운 버선
고무신 늘어져도 참고 신은 울 어머니
휘어진 엄지발가락 생 못 박혀 사신 채
—「버선발」 전문

시인은 자의식 속에서 어머니의 휘어진 엄지발가락의
아픔을 어루만진다. 외씨버선이 고통스럽게 발을 조이듯
인고의 세월을 어머니의 버선발로 이야기하는 것이다. 대
지르지 않고서도 그리움을 추억하며 시대를 고발한다고
볼 수 있다.

물 가득 고인 밭에 어떻게 씨 뿌려요
비수 품은 생각일랑 슬며시 비켜 가요
유전자 검사필증은 예단함에 고이 접어

뒤섞여 기뻐하는 밭이라야 합니다
호미가 지나가고 쟁기가 지나가서
반가워 부둥켜안고 꽃무리로 벙글까
—「혼처」 전문

지리적 공간이나 물리적 현실과 상관없이 두루 섞이고
화합하여 건강한 유전인자를 낳으려 하는 인간의 의지가
우리 무의식 속에 잠재하고 있다.
혼기에 맞닿은 자녀를 둔 부모는 누구나 서로 걸맞고 마

음이 잘 맞는 배필을 맞아들이고 싶은 욕심이 왜 없겠는가.
그러나 현실적으로 당사자 마음과 부모 마음은 또 다르기
도 한 것을 또 어쩌겠는가.

> 깊은 잠 못 이루나 베개만 돌려 벤 채
> 이슬 찬 호박꽃 속 벌잠 잔 나 대신에
> 저 달이 물걸레질로 시리도록 닦은 밤
>
> —「벌잠」 전문

누구에게나 잠 못 이루는 밤은 있다. 서로 맺은 인연에
연연하기도 하고 맺어가는 인연에 애태우기도 한다. 사람
살이에서 시대와 사회의 흐름과 생생한 사건을 물리적 현
실과 상관없이 온몸으로, 감각적으로 눈 맞추는 시인.
생명에의 간절한 몸짓은 베개만 돌려 벤 채 벌잠이나 자
지만 끝내 잠 못 들어 달을 바라보는 화자. 달빛만이 시린
게 아니라 시인의 마음도 시린 것이 아닐까.

3. 든든한 가슴에 안기는 삶은 꽃

> 문경 땅 사불산 다소곳한 암자로다
> 산마루 바위들도 서로 이마 맞대어
> 절하고 돌아와서는 미소 짓는 저 도반

연잎 하나 머리 쓰고 아이 되어 웃는 스님
녹차 한 잔 따르셔도 어깨 몸짓 겸손이 절로
대중들 해묵은 업장 우무 냉국 마시듯

연못에 큰 바위도 억겁을 물 가운데서
낮추어 사는 것이 윤필암 법도라네
사하촌 계곡물 속에 들 비치는 얼굴아

　　　　　　　　　　　　　　　　　　　―「윤필암」 전문

　엄덕이 시인은 늘 불법에 다가서는 불교도로서 사찰을
찾는 자세는 보통 사람들과는 다른 행보를 보여주고 있다.
차 한 잔에 다가앉아도 연꽃 한 송이 벙그는 시간에도 별로
봄이 없고 별로 대하지 않는 자세를 보여주고 있다.
　시인은 슬하에 남매를 두고 있다. 딸은 극단 '향연' 대표
로 〈성난 서울 삼신할미〉 등의 작품으로 국내뿐만 아니라
이탈리아와 같은 국제적 무대에까지 알려져 있으며 연세
대 박사과정의 전문 연극 연출가이면서 배우이다. 아들 역
시 도시공학 분야의 박사과정에서 도시계획과 환경을 연
구하는 청년이다.
　엄덕이 시인과 필자는 서부 경남의 문화예술계를 같은
시대를 공유한 인연으로 울산에서 30년을 시와 시조, 예술
을 함께 논의하는 관계로 발전해 왔다.
　엄덕이 시인의 시조 미학은 지나간 것들과 다가올 미래
의 신비를 정형 형식 안에서 복원시켜 형이상학적 이미지

를 동반한 채 그리움의 강으로 흘러가고 있다. 앞으로도 엄덕이 시인이 서정의 시 세계와 운율을 담아 노래하는 시조의 세계를 넘나들며 더욱 뿌리 깊고 튼실한 서정과 서사의 영토를 크게 확장해 나가길 염원한다.

열/린/시/학/정/형/시/집 196

환승 파란선

초판 1쇄 발행일 · 2024년 10월 10일

지은이 | 엄덕이
자　료 | 박선영, 박종식
서　예 | 장세진
펴낸이 | 노정자
펴낸곳 | 도서출판 고요아침
편　집 | 정숙희 김남규

출판 등록 2002년 8월 1일 제1-3094호
03678 서울시 서대문구 증가로 29길12-27, 102호
전화 | 302-3194~5
팩스 | 302-3198
E-mail | goyoachim@hanmail.net
홈페이지 | www.goyoachim.net

ISBN 979-11-6724-211-2(04810)
ISBN 978-89-6039-728-6(세트)